KB145756

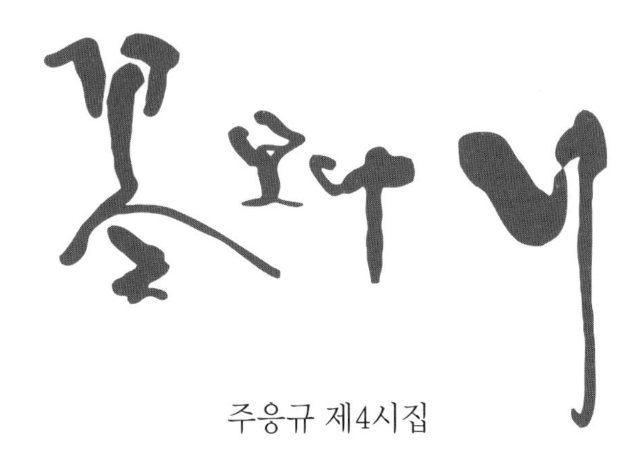

주응규 제4시집

시음사
시사랑음악사랑

문화예술로 꽃을 피우는 시인 주응규

변하면서 살아가는 인간의 내면을 심오한 철학과 인생의 경륜(經綸)으로 파란만장한 인생 역정을 보여 줄 수 있는 것은 거창한 철학이나 학술이 아니라 바로 생활언어일 것이다. 사람은 누구나 창조적 예술성을 가지고 있다. 어떤 위치에서 어떤 사고로 예술성이 나타나는가 하는 차이점이 있을 뿐이다. 인간 내면에 잠재된 감성을 다양한 기법을 활용하여 적극적인 사고와 긍정적 에너지의 결과를 언어예술로 표현하는 능력을 갖춘 사람을 문인이라 하고 우리는 시인이라고 한다. 말보다는 언어로 시적 표현을 함으로써 인간의 감상을 깨우고 행복을 주는 시인 세상과 소통하려는 주응규 시인을 소개한다.

글을 쓰는 사람의 사고에 따라 표현방식은 형상적이면서 묘사하는 실체를 전제한다면 주응규 시인은 가장 많이 고민하고 자괴감〈自愧感〉에 빠질 때가 시 "詩"를 문학작품으로 만들어 내는 일이라 말한다. 주응규 시인은 탱크 같은 시인 또는 인공지능〈Artificial Intelligence〉처럼 늘 성장하는 시인이라는 생각이 든다. 직장생활을 하면서도 상상할 수 없을 만큼의 왕성한 활동을 보여주고 있기 때문이다. 시인으로 수필가로 또 작사가로 활동하면서 인간의 무한대 능력을 보여주는 주응규 시인의 제4 시집 "꽃보다 너"를 시인을 사랑하는 많은 독자와 함께 기쁜 마음으로 추천한다.

(사)창작문학예술인협의회 **이사장 김락호**

작가의 말

지구상에 존재하는 모든 생명은 자연의 변화에 조화롭게 적응하며 삶을 영위(營爲)합니다. 인간 저마다의 삶도 사계절과 같은 부류로, 꽃피고 지고 열매를 맺으며 세상은 쉼 없이 돌아갑니다. 우리가 누리는 삶에서 소중한 사람의 내면(內面)에서 피는 아름다운 꽃과 향기를 망각하고 살아갈 때가 많습니다. 꽃의 아름다움과 향기에는 쉽게 반응을 보이면서 진작, 자연에 견줄 수 없으리만큼, 고귀하고 소중한 사람의 사랑 깊이를 헤아리지 못하고 으레 당연시합니다.

소중한 사람을 눈에 자주 담을수록, 마음에 자주 담을수록, 더더욱 아름답고 향기롭습니다. 당신에게 가장 소중한 사람, 사랑하는 사람에게 마음을 활짝 열어주세요. 마음속의 진솔한 감정을 표현하는 삶이 진정 아름답고 향기롭습니다. 삶 속에 표현하는 모습들이 詩가 되어 감동의 파노라마처럼 펼쳐질 때, 세상은 진실로 아름다워질 것입니다.

당대(唐代)의 詩人 백거이(白居易)는 詩란 정(情)을 뿌리로 하고 말은 싹으로 하며 소리를 꽃으로 하고 의미를 열매로 한다고 했습니다. 공감하며 詩文學에 더욱 정진하여 생활 속에서의 기쁨과 즐거움 그리고 행복과 위로와 격려의 응원을 보내는 詩를 창작하겠습니다. 2015년 제3 詩集 “시간 위를 걷다” 출간 이후, 6년 만에 제4 詩集 “꽃보다 너” 詩集을 선보입니다. 제 나름의 정성으로 창작한 시집(詩集)이 누군가에게 삶의 위안과 활력이 되기를 바라는 마음으로 “꽃보다 너” 주응규 제4 詩集을 독자님께 바칩니다.

시인, 수필가 주응규

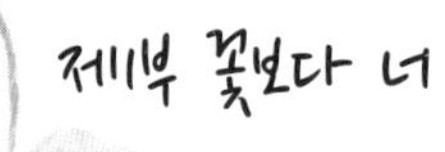

제1부 꽃보다 너

제2부 그대였으면 좋겠네

제3부 세월이여

제4부 텃밭에 詩를 짓다

제1부 꽃보다 너

꽃보다 너

곱다 참 곱다.

꽃보다 너

곱다 참 곱다
아름답다
향기롭다

어느 꽃이
너보다 아름다우리

어느 꽃이
너보다 향기로우리

꽃보다 너
곱다 참 곱다.

사랑하는 그대

그대는 나만 들을 수 있는
세레나데를 부릅니다

내 사랑의 시선에는
그대만 보입니다

내 행복의 뜨락에는
그대가 머뭅니다

내 그리움의 끝에는
그대가 있습니다

불어오는 한 줄기 바람에도
안부를 물어오고
해와 같이 달과 같이
한결같은 그대
내 주린 사랑을 채워줄
그대 사랑합니다.

가곡 : 주응규 詩, 임채일 曲

장미꽃 그대

핑크빛 열렬히 발산하는 그대
나에게로 향하는
그대의 사랑 고백이라면
내 가슴 심지에 불 밝혀볼걸

진동하도록 짙은 향 풍기는 그대
나에게로 향하는
그대의 순정이라면
내 가슴 뜨락에 꽃피워둘걸

황홀한 자태로 호리는 몸짓
나에게로 향하는
그대의 열정이라면
내 가슴 따사로운 볕으로
품어 안아줄걸.

가곡 : 주응규 詩, 김현지 曲

여름 장미화

그 누가 불 질러놨길래
그대의 가슴은
불덩이가 되어
뜨겁게 타오르는가

나는 몰랐었다
그대의 용광로 같은
애끓는 사랑이
여름을 달구고 있다는
사실을

그대의 핑크빛 사랑 고백이
후끈 달아올라
무르익은 여름날을 끓이는
가마솥더위였음을
무심한 나는 몰랐었다

한여름 뙤약볕보다
따갑게 불사르는
여름 장미화여.

가곡 : 주응규 詩, 이종록 曲

매화(梅花) 1

삭풍에도 미세하게 묻어나는
봄바람을 동박새가 물고 와서
매화나무 가지마다 널어두네

매화 낭자 달빛에 감아 땋은
머리채 끝에 꽃댕기 물들이면
임 향한 마음인 줄 알련마는
임이시여 어이한 까닭으로
모른 체 딴청을 피우시나

아릿한 가슴에 처연히 응고되어
설화(雪花)에 봉긋이 멍울 맺혀
마음결 알알솟솟이
샛말갛게 꽃망울 터트리네.

매화(梅花) 2

임 향한 긴긴 그리움이
삭풍에 흔들리다
섣달그믐날
세찬 눈보라 속에서
꽃물 들었나

오랜 기다림 끝에
터트린 눈물이
처연히 응고되어
꽃망울 맺었나

산란히 휘젓는 먼빛에
임 그림자 비쳐들면
꽃불을 소담스레 놓아
임 맞으려나.

오월의 붉은 장미

오월이 오면
그대는 어기는 일 없이 걸음을 놓아
무언의 사랑을 기다랗게 늘어뜨려
가슴에 찰랑찰랑 물결치누나

푸르게 푸르게 눅잦힌 가슴에
요염한 미소 담아 그윽이 뻗치는
그대의 농염한 향기는
부챗살 햇발에 벌겋게 지펴져
하염없이 타오르누나

아리따운 그대의 고혹적 자태
눈망울에 곱다랗게 번져나
새빨갛게 불붙은 뜨거운 가슴
주체할 길 없어라.

주) 눅잦히다: (동사) 딱딱한 성질이나 태도를 부드러워지거나 약해지게 하다.

초록빛 오월

초록빛 서린 꿈길을 되밟아 더듬던
해 넘긴 메마른 날들이
싱싱한 풀 내음 뿜는 마파람에
줄줄이 쏟아지는
짙푸른 겹물결 속살 깊숙이
초목이 잠긴다

진초록 빛살 되쏘아대는
남실거리는 물결 위로
쪽배를 띄워 오실
뱃사공을 막연히 기다리던

넉살 좋은 뜨내기 노객(老客)의
가뭇가뭇 검버섯 박힌
혈기 없는 창백한 낯빛에도
파르라니 생기가 감돈다.

청보리

오월을 깊숙이 들이킨
새파란 비췻빛 물결

출렁출렁 엎치락뒤치락 이면
옹이 진 마디마디에

남몰래 숨겨놓은
옛사랑의 그리움 내솟아
꽃숭어리 져 터트리는 눈물

봇물 터지듯 밀려드는
싱싱한 물결의 미묘한 파문(波紋)
넘실넘실 춤을 추어대면

가슴 언저리에 정박해 둔
일엽편주에 닻을 올려
쪽빛 푸른 물목 굽이 굽이쳐
아득히 먼 꿈길을 떠난다.

주) 꽃숭어리: (순 우리말) 많은 꽃송이가 뭉쳐 달려 있는 덩어리.

아까시꽃

임 그림자 가슴 짙게 드리우면
사무쳐오는 임 그리움은
오월의 산야에
포말로 부서져
뽀얀 물보라를 피우누나

임께 다소곳이 전하고픈
사랑 고백은
꽃망울을 송이송이 터트려
향기로 다가가누나

햇살에 물결치는
순백의 마음
바람결에 묻어나는
사랑 이야기는
향기롭고 곱구나.

임 바라기 꽃

어둠을 사르는 별빛 사랑
임 머무시는 공간을
다정한 눈길로 밝힙니다

임의 웃음 속에 눈물 속에
나부시 피어나는
삶이 되고 싶습니다

임 향한 한결같은 사랑
햇빛 속에 달빛 속에
끝없이 미끄럼 탑니다

임의 메마른 뜨락에
그윽한 향기 피우는
사랑 이야기고 싶습니다.

조팝꽃

얼마나 그 얼마나 그리우면
새하얀 눈물 꽃으로
피어나는지 아시나요

미운 정 고운 정
좁쌀 같은 사연사연들
알알이 피워내
봄바람에 나부끼는 안타까움

나 좀 보아주어요
혹여라도
그 누가
쇤네 소식을 묻거든

임 못 잊어 못 잊어서
다정스레 임과 노닐던
봄 햇살 위에
임께로 드리운 마음
곱디곱게 펼쳐
하얗게 하얗게 피어난다더라
귀띔 주어요.

가곡 : 주응규 詩, 최현석 曲

두견화(杜鵑花)

두견새 구슬피 우는 밤
달빛마저 뻘겋게 새어들어
아찔한 전율로 피는
두견화(杜鵑花)

옛 님은 이미 흔적도 없는데
눈물겨웠을 사연마저도
태곳적 전설인데

두견새는 어쩌자고
봄이면 이리도
붉어서 시린 빛을 질러 놓는지
슬프디 아린 가슴은
그저 먹먹하여라.

자목련(紫木蓮)

그리움이 파문(波紋)을 그려
태양에 닿은 숨결이
호롱불같이 타오르누나

님 향해 흔들리다가
차오른 눈물 위로
봄 햇살이 내리던 날

바람 불어 흔들어 놓은 틈새로
한 많은 여인의 심사(心思)
발갛게 번져나

그대의 봄날을 밝혀놓고
초록 물결 속으로
덧없이 사라지누나.

봄꽃

햇살을 흔드는 바람이
꽃을 피우는 것은
간절함입니다

그대 보고파
향기를 뿜는 것은
그리움입니다

먼 듯 가까이 머무는
그대를 위해
꽃등을 밝히는 것은
사랑입니다

그대 생각에 아파할수록
쉼 없이 피워내는
순결한 마음은
설렘입니다

그대 향해 부는 바람이
사랑 바라기하고 있는
햇살을 흔들어
꽃을 피웁니다.

제비꽃

겨우내 두른 누더기 벗고
얼음이 풀린 냇물에
멱감은 해가
풀빛 싱싱한 미소를
풀어놓는다

해마다 이맘때쯤이면
볕 바른 냇가에
얼굴 내비치던
남보라 꽃댕기 땋은
해맑은 애송이는
올해도 고개 내밀어
웃고 있다

나 어릴 적 짝사랑하던
보랏빛 원피스 차려입은
앙증맞은 계집애
닮은 제비꽃.

봄날

햇살이 스치는 곳마다
꽃을 피우는 봄

바람이 지나는 곳마다
향기 피우는 봄

눈길을 보내는 곳마다
내 맘 호리는 봄

발길이 머무는 곳마다
나를 사로잡는 봄

봄
네 품에 안겨
나 잊으리.

꽃무릇

소슬한 가을날을 밝혀두고
홀연히 떠나 가신님 기다리는
그대의 마음 빛이
고와서 눈물겨워요

낭자여 꽃무릇 낭자여
그대가 밝혀놓은 선홍빛은
설렘의 눈물인가요
애증의 눈물인가요
붉어서 하도 붉어서
애달픈 서정이 아파요

낭자여 꽃무릇 낭자여
그대가 피워놓은 다홍빛은
사랑하는 마음인가요
기다림의 마음인가요
붉어서 하도 붉어서
가슴을 불살라 놓아요

낭자여 꽃무릇 낭자여
이루어질 수 없는 사랑이
너무나도 슬퍼요.

가곡 : 주응규 詩, 임채일 曲

진달래꽃 2

햇살이 머물다가는 산바라지
기다림의 끝 가지에 그리움 맺어
핑크빛 꽃불을 사르는
우아한 자태가 고와서
황홀하여라

해 묵혀온 추억들이 산그늘처럼
쓸쓸히 밀려드는 외로운 날에
사뿐히 향기 밟아 오는
순결한 마음 빛이 맑아서
눈부셔라

까마득히 멀어져 간
첫사랑 소녀 같은
진달래꽃.

청노루귀

궁벽진 산골짜기 가파른 언덕바지
잔설 찬 봄바람이 이는 곳에
앙증스레 피어나
누구를 기다리나

단아한 매무새 우아한 자태로
간들대며 나직이 속삭이듯
나그네의 마음을 사로잡네

봄날에 선택받은 이만이
만날 수 있는
행운의 여신인가

그 향기 맑고도 청아해라
그 모습 고와서 눈부셔라.

주)궁벽지다: (형용사)매우 후미지고 으슥하다.

봄 아씨(새봄)

해마다 이맘때쯤이면 오시었으니
올해도 어련히 찾으시겠지요

지난해에는 작별 인사도 없었기에
무척이나 섭섭했었는데
어느새 햇살 미소 담뿍 머금고
발볌발볌 오고 계신다는
소식을 접하고 보니
은연중에 기다려집니다

꽃으로 화사하게 오시는 것처럼
떠나실 적에도 향기로우셔요

유혹적 자태의 봄아씨여!
올해의 봄날은
아름다웠노라 향기로웠노라
추억하게 하소서!

주)발볌발볌: 한 걸음 한 걸음 천천히 더듬듯이 걸어가는 모양.
살그머니 다가오는 모양.

사랑은 봄 같아요

꽃바람 불어와 마음 흔드는 날
사랑하는 그대로부터
햇살과 바람을 그려 넣은
러브레터 보내왔어요

꽃잎 편지지에 담긴 사랑이
너무나 예뻐서 봄이 피어나네
사랑이 피어나네
사랑은 봄 같아서
마음에 꽃피고 설레게 해요

사랑하는 마음은 봄빛 같아서
바라만 보아도
행복한 미소가 번져요

그대가 내 마음에 피워 놓은
봄은 아름다워 사랑은 향기로워요
오색 빛 찬란한 사랑은 봄 같아요.

가곡: 주응규 詩, 김성윤 曲

서리꽃 2

가슴에 서리서리 맺힌 그리움
쉽사리 풀어놓지 못할 거라면
차라리 흔적을 남기지 마시질
간밤에 다녀가셨네요

밤새 방울방울 흘리신 눈물이
하얗게 날을 밝히네요

동트는 아침 유리창에 얼비치는
그대의 보드라운 마음결이
햇솜같이 보송보송 피어나
눈부신 미소를 보내네요

가슴에 곱다시 간직해온 그리움이
꿈결에 쌀쌀히 흔들리더니
서리꽃으로 피어났네요.

들꽃

어느 이름 모를 산들에 피어나
첫걸음 놓으실 그대를
오롯이 기다렸습니다

그대를 만나기 위해
부단히 눈물로 피었습니다

그대여 나를 하찮은 잡초로
여기지 말아 주세요

사랑의 눈길 손길을 보내 주세요
그대만의 아름답고 향기로운
꽃이 되고 싶습니다.

동백꽃

임 사모하는 마음이
붉고도 붉어라

여인이여
임의 가슴을 얼마큼이나
붉게 물들이려는가

애절한 사랑
태양보다 붉은빛으로
타오르고 있구나

여인의 슬픈 사연이
전설로 피어나
꽃 눈물을 흘리는구나

제 몸 한껏 살라
임 기다리는
여인이여.

물망초

보고 싶은 그대여 사랑하는 그대여
오늘도 천둥같이 소리쳤습니다
오늘도 소낙비처럼 울었습니다

가슴 한편이 떨어져 나갈 듯이
물안개 빛으로 사라진 그대여
다시는 볼 수 없는 건가요

하루하루가 시곗바늘 초침처럼
가슴속에서 소용돌이치는 사랑
얼마나 기다려야 얼마나 애원해야
그대 마주할 수 있을까요

가슴속에 피워 놓은 사랑
아직도 귓가에 맴도는 목소리
나를 잊지 말아요.

수련(睡蓮)

물안개처럼 피어나는
수련의 임 사랑은
한결같아라

영겁으로 망울진 사랑을
수면에 함초롬히 띄우고서
임 기다리는 자태는
눈부시도록 고와라

사색의 어둠에 싸인 밤
꿈꾸던 사랑이
별빛을 머금었어라

연붉은 그리움을 잉태한 채
부챗살처럼 펴지는
사랑이 우아하여라.

수선화

햇살이 연초록 물감을 풀어
바람이 색칠해 놓는 날
단아한 매무새를 갖추고서
철마다 머문 자리를 찾는
수선화여

공허한 인연의 기다림으로
한없이 흔들리다가
속절없이 흐르는 눈물이
투영된 그림자에 떨어져

고요한 정적을 깨뜨리는
애달픈 사연이
파문을 그리는 물이랑 물이
뭇 님네 가슴을
해를 거듭하여
샛노랗게 물들이네

수선화여
고결한 그대의 자태
신비한 그대의 향기
청초하고도 그윽하여라.

가을꽃

그댄 누구에게 다가서려
그토록 아름다운
꽃을 피웠나

멀리서 저 멀리서
갈바람 편에
향기로 전하는
숱한 사연

한 번쯤
눈길 발길을 달라고
마음을 흔들며
한없이 보채는구나.

인생 꽃

아름답지 않은 생은 없으리.
향기롭지 않은 삶은 없으리.

누구나 제 나름의 몫으로
꽃 피워 향기롭고
잎 피워 푸르리.

삶은 저마다의 자리에
꽃잎과 향기를 피울 때
아름다우리.

계절 따라 피고 지는 것이
자연의 순리일진대
꽃 지고 잎 진다고
슬퍼 않으리.

제2부 그대였으면 좋겠네

막연히 누군가 그리워지는 날
꽃바람처럼 솔솔 피어나
내 가슴에 살포시 안겨오는 사람이
그대였으면 좋겠네.

그대였으면 좋겠네

괜스레 마음이 울적해 눈물 나는 날
다정한 손길로 다가서는 사람이
그대였으면 좋겠네

가만히 바라만 보아도 미소 피는 날
눈빛에 스르르 녹아드는 사람이
그대였으면 좋겠네

외롭고 허전한 가슴에 잠겨 드는 날
사랑의 불씨를 지펴놓는 사람이
그대였으면 좋겠네

막연히 누군가 그리워지는 날
꽃바람처럼 솔솔 피어나
내 가슴에 살포시 안겨 오는 사람이
그대였으면 좋겠네.

가곡: 주응규 詩, 김덕 曲

그대여 들리시나요

햇살에 나부시 내려앉은
그대 보고픈 나의 마음
바람을 타고 강물에 씻겨나
그대 향해 흐르고 있는데
혹시나 알고는 계시나요

가슴이 내 가슴이
그댈 간절히 부르는데
들리시긴 하나요

까만 밤 하얗게 지새우며
그대 그리운 나의 마음
새벽이슬로 영롱히 피어나
그대를 위해 밝히고 있는데
혹시나 보고는 계시나요

가슴이 내 가슴이
그댈 간절히 원하는데
아시기는 하나요

내 가슴이 이토록 파도치며
절규하는 사랑의 고백
그대여 들리시나요?

가곡: 주응규 詩, 최현석 曲

아직도 가슴에

머물던 자리 돌아보면
어느덧 노을빛 그리움

햇살에 퍼지는 웃음소리도
바람결에 스치는 목소리도
온통 그대이기에
한 줄기 햇살과 바람에도
찰랑거리는 가슴

그대 그리움으로 물결칠 때
가슴에 하얗게 부서지는
물보라 사랑

불현듯이 떠오르는 얼굴이
아직도 그대라서
가슴에 살포시 피워보는
그리운 그대 꽃.

제목 : 아직도 가슴에
시낭송 : 최명자
스마트폰으로 QR 코드를 스캔하면
시낭송을 감상할 수 있습니다.

님이시여

낮 꽃을 피워서 밤 꽃을 피워서
사랑의 향기로 님 부르는데
님이여 님이시여
어디쯤 오시나요

하루 이틀 사흘 나흘
님 기다리는 마음은 한결 한대
님이여 님이시여
언제쯤 오시나요

달도 별도 잠이든 이 밤에
님 그리워서 님보고 파서
몽우리 진 가슴을
바람이 하염없이 흔드니
날 밝으면 님 오시나요

님이시여 님이시여
어느 날을 택일하여
달빛 밟고 오시나요
햇빛 밟고 오시나요.

가곡: 주응규 詩, 김성희 曲

못 잊을 사랑이여

바람 불어 꽃잎이 지면 이별인 줄 알았었는데
꽃잎 향기 그리움 되어 가슴에 숨어 있었네
남모르게 아무도 모르게 가슴앓이하던 사랑이여

있겠노라고 잊었노라고 가슴 치며 다짐했는데
내 가슴의 사랑 별에 하얗게 녹아내리는
추억 속의 그 사랑 못 잊을 사랑이여

눈물 속에 피어난 사람 다시 필 줄 몰랐었는데
눈물 씨앗 그리움 되어 가슴에 다시 피었네
남모르게 아무도 모르게 가슴앓이하던 사랑이여

이제 다시는 이제 다시는 생각 말자 다짐했는데
내 가슴의 사랑 별에 하얗게 녹아내리는
추억 속의 그 사랑 못 잊을 사랑이여.

제목 : 못 잊을 사랑이여
시낭송 : 김락호
스마트폰으로 QR 코드를 스캔하면
시낭송을 감상할 수 있습니다.

가곡: 주응규 詩, 최영섭 曲

해바라기

그대를 향해 타오르는 불같은 사랑
사랑하는 그대에게 내 사랑을 바치리라
샛말갛게 살피살피 솟아나는 사랑
그대 향하는 변치 않을 나의 사랑 밝히리라

태양처럼 뜨거운 가슴으로
그대의 마음을 사로잡으려
노란 미소로 물들이는 나의 사랑
나 몇 번이고 다시 태어나도
그대를 향한 해바라기 되리라

사랑하는 나의 마음을 불살라
까만 숯등걸이 될 때까지
오직 그대를 그대만을 따르리라
나 몇 번이고 다시 태어나도
그대를 향한 해바라기 되리라.

주)살피살피 : (부사)틈의 살피마다 모두.
가곡: 주응규 詩 임긍수 曲

님이여 아시나요

세월이 흘러간들 잊을 수 있을까요
기억의 가지 끝에 걸어둔 추억들이
꽃물이 든 사연을 님에게 전하고파

단 한 번만이라도 님 만날 수 있기를
세월의 어귀에서 기다리는 마음을
님이여 아시나요

님이여 어떡하면 그 시절로 돌아가
고운 님 마음속에 또다시 예쁜 꽃을
피울 수 없을까요 못 잊을 님이시여

꼭 한 번만이라도 님 만날 수 있기를
세월의 어귀에서 기다리는 마음을
님이여 아시나요.

꽃바람

그대가 꽃가지라면 나는 바람
햇살을 끝없이 흔드는 바람이
꽃가지에 스며들어
꽃을 피우는 것은
그대를 향한 사랑입니다
나의 마음이 햇살을 흔들어
사랑 꽃을 살며시 피우리.

그대가 꽃가지라면 나는 바람
그대의 마음을 쉼 없이 흔들어
아름답고 향기로운
꽃을 피우고 싶은
그대를 향한 바람이 되고 싶습니다
나의 마음이 햇살을 흔들어
사랑 꽃을 어여삐 피우리.

가곡: 주응규 詩, 신귀복 曲

사모(思慕)

그대가 가슴에 지펴 놓은
그리움의 불씨는
날이 더해갈수록
햇빛에 달빛에 살아나
타오르고 있네

몰아치는 세찬 비바람에도
꺼질 줄을 모르네

날이 더해갈수록
그리움은 나날이 번져나
그대 삶의 뜨락에
꽃불을 밝히려네.

물거품 사랑

가슴에 파도처럼 밀려와
꽃물결을 띄워 놓고서
사랑의 항해를 떠나자던
그 사람은 어디로 갔나

나 없이는 못 살겠다고
가슴에 내 가슴에
쉼 없이 밀려와
별을 따주마, 달을 따주마
귀 발림에 녹아내린
꿈 같은 사랑

이제는 아득히 멀어져 버린
눈물 속에 잠긴 사랑

사랑에 여윈 아픈 가슴에
아련한 그리움으로
끝없이 파도치는
물거품 사랑.

슬픈 사랑

서로를 향해
높이 드높이 퍼져 나가던
핑크빛 사랑이
천둥과 번개를 동반한
먹장구름 소낙비 울음에
날개를 접었다

황량한 벌판에 홀로 우두커니 서서
그대의 소낙비 눈물을 맞고 있다

한줄기 갈래갈래 빗발치는 소낙비가
그대와 나 사이를 빗금 긋는다

한 방울 한 방울 떨어지는
눈물의 의미는 다를지언정
서로를 향하는 마음은
다르지 않다

원 없이 한바탕 쏟아부어
홍수가 진 눈물의 강에
마음이 표류하고 있다.

사랑 바라기

그대를 해바라기 하며
끓어오르는 내 사랑을
그대의 하얀 마음에
꽃물 들이고 싶습니다

그대에게 내 사랑을
싹 틔우기 위해
그대 마음결을 쉼 없이
흔들고 있습니다

그대 안에 내 사랑이 움터
나로 인해 꽃이 피고
나로 인해 향기 나는
사랑을 하고 싶습니다

그대에게 순결한
내 사랑을 피우기 위해
그대 마음속으로
끊임없이 걸어갑니다.

사랑의 기도

삶을 다하는 날까지
그대와 나
아낌없이 남김없이
사랑하게 하소서

먼 후일
그대와 함께한 날들이
아름다웠노라
추억하게 하소서

그대와 나 사랑하는 날들이
어디쯤에서 어둠에 묻힐지라도
서로를 향하는 마음은
별빛같이 반짝이게 하소서

먼 훗날
그대와 걸어온 날들이
행복했노라
회상하게 하소서

그대와 나 마음을 녹여 낸
날들의 사랑
꽃이 진대도 향기는
햇살과 바람이
기억하게 하소서

언제나 내 편인 그대
옆에 있을 때
손 한 번 더 잡아주고
말 한마디 더 따스하게 데워
후회 없는
사랑하게 하소서.

접시꽃

여름 초입에 오시는 당신
지난날 숨결이 닿은 곳에
주홍, 분홍, 하양 빛깔의
사연을 피워놓습니다

멀어진 날들은 소리 없이 흐느끼고
머물다간 자리 돌아보면
어느덧 꽃물 든 가슴이
하느작하느작 잔물결 칩니다

뙤약볕보다 뜨거운 날들의 사랑
햇볕 한 줌, 한 줌을 으깨어
소담스레 차려 놓은
고결한 마음결이 향기롭습니다

부챗살처럼 퍼지는 눈부신 사랑
가만히 그 이름을 부를 때면
사랑의 손길로 한발 앞서
반기는 당신입니다.

제목 : 접시꽃
시낭송 : 김선목
스마트폰으로 QR 코드를 스캔하면
시낭송을 감상할 수 있습니다.

금은화 필 때면

해마다 이맘때쯤이면
가슴앓이를 합니다

세월이 가도록 잊지 못해
몽우리 진 애틋한 가슴이
바람에 산들거립니다

뻐꾸기 애절한 울음소리가
산울림으로 깃드는 곳에
오뉴월 햇살이 늘어뜨린
싱그러운 사랑 이야기가
꽃 피어 한들거립니다

해마다 금은화 필 때면
절로 생각이 나는 사람
잊으려야 잊을 수 없어
시공을 초월해
그 시절 향기에 찾아듭니다.

제목 : 금은화 필 때면
시낭송 : 전선희
스마트폰으로 QR 코드를 스캔하면
시낭송을 감상할 수 있습니다.

해당화

세월이 갈수록
그리움이 사무쳐서
꽃을 피우나

깊어 가는 시름에
잠 못 드는 나날
높새바람의 속삭임에
꽃잎을 여나

얼마나 눈물겨운 사연이길래
먼바다를 향해 꽃등을 밝히나

파도가 들려주는 이야기가
너무나도 슬퍼서
햇무리 진 가슴에
해무(海霧)가 서리누나

긴 여운의 향기 자욱한
초여름 정취를 풍기는
해당화여!

제목 : 해당화
시낭송 : 김정희
스마트폰으로 QR 코드를 스캔하면
시낭송을 감상할 수 있습니다.

내 사랑아

바람이 불어와 외로운 날
보고픈 내 마음을 아는지
어느새 햇살같이 번져나
어두운 마음의 창을 비추는
오 사랑아 내 사랑아

꽃바람 불어와 흔드는 날
마음의 물결 위에
날빛 미소를 띄워놓는
오 사랑아 내 사랑아

황홀한 빛 오로라 같은
사랑아 내 사랑아

주) 날빛: 햇빛을 받아서 나는 온 세상의 빛
가곡: 주응규 詩 김성희 曲

그대 그러지 마라.

눈물방울에 담아 온 그대
앙가슴 사이로
주르륵 흘러내린다

그대 아프지 마라
그대가 아프면
나도 아프단다

그대 보고파 마라
그대가 보고파 하면
나도 보고파 진단다

그대 슬퍼 마라
그대가 슬퍼하면
나도 슬퍼진단다

그대 울지 마라
그대가 울면
나도 운단다

그대 그러지 마라.

그대에게 전하는 연서

그대는 아름다운 꽃입니다
나는 그대 주위를
맴도는 바람입니다

나는 그대를 아프게
흔들지 않겠습니다

포실한 실바람 되어
그대에게 살포시
내 마음을 전하겠습니다

나는 그대 가슴에
사랑 향기 피우는
바람이 되고 싶습니다

그대가 꽃이라면
나는 바람입니다.

어느 그리움

햇살 가닥에 아스라이 매달려
바람에 나울나울 흔들리던
애끓는 그리움의 눈물을
가슴에 떨어뜨린다.

세월이 더해갈수록
그리움은 지칠 줄을 모르고
더욱이 짙은 향기를 풍긴다.

들숨에 모셔와
가슴에 고이 품어주고
날숨에 달려가
포근히 안기어보련다.

햇살과 바람이 그리움을
굴리며 스쳐 간다.

별빛에 담은 사랑

그대 가슴을 따사로이 비추는
별빛이 되고 싶습니다

그대를 향해 궂은날 갠 날 없이
사랑의 빛을 보냅니다

한결같은 나의 사랑
그대 가슴에서 반짝이는
별이 되고 싶습니다

그대 사랑하는 마음 빛을
고스란히 담아내고 싶습니다

그대 가슴에 영롱히 빛나는
사랑이 되고 싶습니다.

그리운 사람

세월의 강 징검돌을 건너면 그 사람 생각나
가슴에 내 가슴에 고이고이 묻어 두었던
보고픈 그 사람이 피어납니다.
함박꽃피던 시절은 아름다운 추억이라서
생각하면 할수록 그 시절 그리워
눈물 꽃을 피워 그대에게 바치렵니다
아! 그 사람 어디 갔나
세월이여 세월이여 세월이여

꽃그늘에 누워서 단꿈을 꾸면 그 얼굴 떠올라
가슴에 내 가슴에 고이고이 담아 두었던
그리운 그 얼굴이 피어납니다.
함박꽃피던 시절은 아름다운 추억이라서
생각나면 날수록 그 시절 그리워
눈물 꽃을 피워 그대에게 드리렵니다
아! 그 얼굴 어디 갔나
세월이여 세월이여 세월이여

가곡: 주응규 詩, 김성희 曲

간이역

오가는 인적이 한적한 간이역
상행선 열차 타고 떠나간 동무는 어디 있나
지나간 세월이 그리워 울던 자리에
바람만이 한가로이 한가로이 노닐다 흩어지고
간간이 오고 가는 완행열차는
기다려 주는 이 아무도 없어도
시간의 발자국을 새겨놓고 떠나가네

오가는 인적이 고요한 간이역
하행선 열차 타고 떠나간 동무는 어디 있나
흘러간 세월이 아쉬워 울던 자리에
구름만이 한가로이 한가로이 머물다 흩어지고
간간이 오고 가는 완행열차는
한숨 쉬듯 기나긴 기적을 뿜으며
고단한 모습으로 쓸쓸히 멀어지네.

가곡: 주응규 詩, 최현석 曲

사랑 낚시

나는 매일매일 사랑을 낚시한다
어제도 오늘도 내일도
그대의 사랑을 낚는다

내 사랑을 미끼로 꿰어
그대의 맑고 깊은
호수에 드리운다

설사 오늘 낚이지 않은들 어떠리
내일은 낚으리라

나는 지금도 낚싯바늘에
마법의 주문을 걸며
사랑을 낚는 중이다.

그 사람

나의 가슴을
울려놓고 웃겨놓는
그 사람

일 년 삼백예순다섯 날
그 사람
사랑하는 마음은
나누어도 곱하여도
몫은 언제나
그 사람입니다

소중한 인연의
고리를 끊으며
흘러가는 세월

나의 전부를
앗아간대도
놓을 수 없는
그 사람.

가슴에 흐르는 강

그 누군가에게
주어도 주어도 양에 못 미쳐
늘 아쉬운 것은 사랑입니다

그 누군가를 생각하며
잔잔히 피우는 미소는
행복입니다

그 누군가를 생각하며
흘리는 애달픈 눈물은
그리움입니다

그 누군가를 생각하며
불러보는 아련한 이름은
추억입니다

기다려도 오시지 않을 사람을
그립다고 보고 싶다고
가슴이 여울지는 것은
그 누군가가
가슴에 강물처럼 흐르고 있는
까닭입니다.

추억 속의 사랑

추억 속에서 줄기차게 피어나는 사랑이
그리움으로 구멍 난 가슴에 스며들어와
엎드린 채로 한참이나 흐느껴 울었었다

옛사랑이 드나들 때마다 가슴이 시리다
지난날 애달프게 담아둔 눈물이
사랑의 이슬방울로 송알송알 맺혀있다

추억 속에서 떠오르는 무수한 조각들이
볼우물에 맑게 담겨 미소로 번져온다

볕 바른 언덕 위에서 사랑 꽃을 피우던
그 시절의 풋풋한 향기를
햇살이 퍼 나르고 있다

추억 속에 머무르는 옛사랑을 실어나르는
그리움으로 구멍 난 가슴은
언제쯤이면 메워지려나.

그대도 그럴 때 있으시죠?

그대는 떠나가면서 마음은 두고 가셨나
가슴의 강 저편에서 불현듯이
그리움을 흔드는 바람 불어오네요

그대가 문득 보고파 지면
추억의 갈피를 넘기며 그대와 다정히
지난날을 거닐고 있어요
나는 이러한데 그대도 이럴 때 있으시죠?

어느 날 바람같이 내 곁을 떠나간 그대가
홀연히 바람으로 다가와서는
아릿한 추억 한잔을 권하고 있네요
그대도 괜스레 눈물이 나면
추억을 더듬으며 우리 꽃피우던 시절의
향기를 품고 계시겠지요
나는 그러한데 그대도 그럴 때 있으시죠?

연정(戀情)

가마득히 먼 시간 속을 비집고
샘솟아 나는 그리움이
그대를 찾아 울먹입니다

외로움이 굽이치는 강어귀에
눈물로 핀 꽃 한 송이가
그대 향해 미소 짓습니다

잎이 진 잎줄기 마디마디에
파릇파릇 새 움트는
싱그러운 초록 향기가
그대 안부를 묻습니다

꽃 노을에 정갈히 헹궈내
가슴 틈새로 발그레 삐져나오는
핑크빛 나의 사랑을
그대의 가슴에
꽃물 들이고 싶습니다.

애련(愛戀)

눈물이 날 만큼
그대
나
보고 싶나요

눈이 멀 만큼
나도
그대
보고 싶어요

나의 가슴이
이토록
그대를 찾는데
아시나요

그대 가슴도
그토록
나를 찾노라
바람이
귀띔을 주네요.

제3부 세월이여

세월의 강 시곗바늘은

징검돌을 건너는데

누구는 떠나보내고

누구는 새로 맞으며

눈물 주고 웃음 주며

흘러가는 세월이여.

세월이여

가마득히 먼 곳에서 흘러와 나이테를 굴리며
어디로 어디론가 정처 없이 흘러가는가
구름아 바람아 너는 알고 있나

해그림자 달그림자에 먹혀가는 날이여
햇빛을 나눠 먹고 달빛을 나눠 마시고
꽃길에서 눈길까지 동행한 날은
아름다웠어라. 눈물겨웠어라

세월의 강 시곗바늘은 징검돌을 건너는데
누구는 떠나보내고 누구는 새로 맞으며
눈물 주고 웃음 주며 흘러가는 세월이여.

가곡: 주응규 詩, 최현석 曲

태백산맥

넓고 깊은 동해를 품어 안고 곧게 뻗어내려
겨레의 늠름한 뼈대 이루는 태백산맥
용솟음치는 민족의 진취적 기상을 띄우고
일렁이는 일출같이 조국의 희망을 띄우는
태백산맥은 장엄한 민족정기가 흐른다

우리나라 수려한 금수강산을 하나로 이어
남북을 아우르는 태백산맥의 넓은 도량
어머니 품같이 포근한 아버지 등같이 듬직한
겨레의 맥박이 고동치는 태백산맥
봄 여름 가을 겨울 한민족의 숨결이
태백산맥에 줄기차게 흐른다.

가곡: 주응규 詩, 최현석 曲

별빛 그리움

가슴 깊은 곳에서 끓어 넘치는 그리움인가
저녁노을이 붉디붉게 타오르네

창백한 상현달에 아롱거리는 얼굴
가슴에 여울져 하얗게 부서지고
세월의 강 물목 굽이굽이 휘늘어진
님 그림자 밟아가며 흘린
별빛 눈물 가슴에 흐르고 있네

깊은 어둠 속에 빗발치는 하소연
애타는 그리움을 불살라
지난날 추억을 총총히 밝히고 있네.

가곡: 주응규 詩, 최현석 曲

태백산 주목(朱木)

태산준령에 가부좌(跏趺坐)하고
세상을 지그시 관조(觀照)하며
사시사철 고상한 풍모로
천년을 하루 같이 사노라

파란만장한 삶의 궤도를
고스란히 밟고 지나
살아 천년, 죽어 천년의
궤적을 남기리라

세상사 희비에 비틀어진 속내
삭히고 삭혀내어 붉었어라

세월의 모진 고초 처연히
씻고 씻어내어 비웠어라

붉게 탄 하루가 노을빛으로
대지(大地)에 스러지면
다시 어둠이 새벽을 잉태하여
아침을 맞고 봄을 맞아
천년을 살리라.

당신 해바라기

가슴에 이내 가슴에 머무는 당신
날이면 날마다 당신을 바라보면서
알알이 익어가는 사랑

세상의 모진 비바람이 몰아친대도
당신은 언제나 언제까지나
한결같은 나의 해바라기

사랑의 먼동이 터서 노을 질 때까지
나는야 당신을 해바라기 하면서
당신 위해 살아갈 테야
당신은 나의 영원한 해바라기.

길

이제는 돌아가려야 돌아갈 수 없는
굽이굽이 쳐 가마득히 걸어온 길

때로는 아쉬움과 후회의 길일지라도
그래도 내가 선택한 길이기에
원망 없이 묵묵히 걸어가련다.

행여나 이 길이 아닌 다른 길로 갔으면
어떠한 운명의 길로 접어들어 섰을는지
가끔은 의문이 들지만

내게 또다시 선택의 갈림길에 서는
그날이 온다고 하여도
나는 기꺼이 이 길을 걸었을 것이다.

내가 지금껏 걸어온 이 길 끝에서
막다른 골목길이 나온다면
나는 짚고 온 지팡이를 꽂아두고
바람과 구름이 흘러가는
길로 걸어갈 것이다.

추억의 길

바람처럼 홀연히 그 사람 떠났어도
저미는 가슴엔 그리움이 쌓여가요

지난날 둘이서 정겹게 걷던 이 길을
추억의 그림자를 밟으며 홀로 걸어요

가슴이 쉼 없이 부르는 이름이여
햇살과 바람이 흔드는 이름이여
보고 싶은 이 마음을 전해 다오

지난날 둘이서 걷던 이 길 끝에서
그리운 그 사람 다시 만나기를
꽃비로 내리는 그리움 때문에
눈물에 추억이 흘러내려요.

너의 이름을 부른다

무심히 부른 너의 이름에서
향기가 난다

세상에 편승해 잊고 살았던
너의 향기는 사프란 향보다
더 진하게 풍겨와
가슴을 물들인다

너를 부를 때마다
향기가 난다

너는 세상 어느 꽃보다도
아름답고 맑은 향기를 지녔다

너를 부를 때마다
매번 달리 풍겨오는 향기에는
인생이 담겨있고
철학이 담겨있다

가만히 너의 이름을 부를 때마다
향기가 난다

하늘과 땅이 만나는 그곳에서
너는 들꽃보다 질긴 생명력으로
삶의 향기를 풍기나 보다.

철 지나 내리는 사랑비

내 생의 봄날 나부시 내리던
사랑이 파르라니 움터
연분홍 꽃잎을 피우다 만 채
홀연히 바람처럼 떠나간
약속한 사랑아

한때 갈기갈기 쏟아지고 마는
소나기 같은 사랑이라며
애써 태연함을 가장하지만
아직도 비우지 못한
애틋한 사랑의
잔 여운이 서려 있어
가슴에는 사랑비가
내리고 있습니다

꽃 피우지 못한 쓸쓸한 자리
지울 수 없어
덮을 수 없어
가슴이 보듬고 있는
추억의 사랑아

그 시절이 못내 아쉬워서
지금도 여전히
이 가슴에는 철 지난
사랑비가 내리고 있습니다.

눈물은 그리움의 언어가 됩니다

문득 새벽안개처럼 자우룩이
마음의 창에 그대가 서립니다

멀찌가니 두었던 마음이
별안간 보고 싶다고 졸라 대면
어느 시점부터 차츰
차오른 눈물이 흘러내립니다

마냥 함께할 거 같았던 그대가
바람의 방향으로 사라질 때도
눈물을 흘렸습니다

가히 짐작조차 가늠 못 했던
이별의 시간 속에서도
눈물은 흐르고 있었습니다

서로로 인해 흘렸던 눈물이
이제는 차차 마르기를
간절히 원했습니다

어느 순간 평정심을 잃은 마음이
불현듯 보고 싶다고 보채면
눈물은 그리움의 언어가 됩니다.

사랑 정설(定說)

세상에 완벽한 사랑은 없답니다
누구나 조금은 모자라고
누구나 조금은 서툴어도
보듬으며 채워가는 것이
사랑이랍니다

사랑은 인생의 오아시스랍니다
어느 순간 흠모의 싹이 움트면
가슴 웅숭깊은 곳에서
사랑이 자연적으로 샘솟아 나는
옹달샘 같답니다

마냥 달콤한 것만이 사랑이 아니랍니다
행복과 불행, 기쁨과 슬픔이 교차할 때
휴머니즘적 균형과 조화가
사랑이랍니다.

사랑하는 마음은 한없이 순결하답니다
삶이 버거워 힘겨울 때
의지와 위로가 되어주며
기대어 충전할 수 있는
안식처가 사랑이랍니다

세상에 완벽한 사랑은 없답니다
오해의 폭은 줄이고
이해의 폭은 넓히며
아름답게 가꾸어 가는 것이
사랑이랍니다.

사랑 윤회(輪廻)

그대가 바다라면 나는 강물이 고파
샘솟는 나의 사랑이 흐르고 흘러서
그대에게로 귀속하리니

그대 향한 사랑이 들끓어나
수증기가 된대도
강물로 흘러들어서
그대를 또다시 찾으리니

그대가 땅이라면 나는 씨앗이 고파
그대의 뜨락에 피어나서
그대 사랑을 먹고 살고프리니

그대 향한 사랑이 피어나서
꽃잎이 진대도
한 톨의 사랑의 씨앗 되어
그대 가슴에 피어나리니.

가곡: 주응규 詩, 이종록 曲

꽃비 내리는 길

추억을 밟아가며 걸어갑니다
지금 홀로 걷는 길에는
아련한 향기 실은 바람만이
쓸쓸히 동행합니다

둘이서 정답게 걷던 이 길은
옛 모습 그대로인데
그대는 옆에 없습니다

추억의 길을 꽃비를 맞으며
나 홀로 걸어가고 있습니다

아직도 못다 피워낸 마음인가요
불현듯이 스치는 사랑 이야기가
꽃비로 흩날립니다

숱한 사연으로 방울방울 내리는
꽃비에 젖어 드는 가슴은
그리움을 꽃물들입니다

그대여 둘이서 걷던 이 길에
꽃비가 내리고 있습니다.

제목 : 꽃비 내리는 길
시낭송 : 박순애
스마트폰으로 QR 코드를 스캔하면
시낭송을 감상할 수 있습니다.

소통은 삶의 섭리

우리가 생존하는 삶의 귀중한 명제에
소통은 조화로운 섭리입니다
서로의 마음이 오갈 수 있는 길을
누가 닦아 놓기를 바라기보다는
스스로 소통의 길을 터야 합니다

닫힌 마음의 문으로 선뜻 들어서기를
누구나 주저합니다
닫아 놓은 마음의 문을 열어놓아야만
상대가 들어옵니다

상호 마음의 샛강에 의사소통의 물길이
막힘없이 흘러야 합니다
자신의 주장만을 관철하려 들기보다는
상대의 마음 깊이를 십분 헤아려
눈높이 대화를 나누어야 합니다

대화의 빈곤이 마음의 문을 닫게 합니다
실없이 던지는 가벼운 말로
상대의 마음을 닫기보다는
가슴에서 우러나오는 진중한 말이
상대의 마음을 여는 열쇠입니다

흐르지 못하고 고여 있는 물은 썩듯이
소통이 막힌 삶도 병이 듭니다
존중과 겸손 그리고 배려가 있을 때
마음과 마음 사이에 앙금으로 쌓인
물꼬가 트입니다

서로 간의 어둠을 뚫는 빛이 소통이고
갈증이 나는 우리네 삶에
소통은 샘물과 같습니다.

더불어 사는 삶

숨 막히게 긴장 감도는 각박한 삶의 굴레는
팽팽한 줄다리기를 하는 거 같습니다
상대를 쓰러뜨려야만 제자리를 확고히 지키며
살 수 있다고 착각하고 있습니다

서로의 사소한 의견 차이가 갈등을 불러옵니다
때로는 상반된 생각일지라도 상대를 배려해
양보하는 아량은 서로를 이롭게 한다는 것을
망각하고 있습니다

사람의 마음을 얻기에는 오랜 시간이 걸리지만
그 마음을 잃기에는 한순간입니다
눈앞에만 보이는 알량한 실리를 쫓다 보면
소중한 사람을 영영 잃을 수도 있습니다

자신이 밑지는 것을 알면서도 행하는 자세는
아무나 할 수 있는 것이 아닙니다
더불어 살아가는 우리네 삶에서 양보는
한겨울 밤 모닥불을 논 것과 같이
어둠을 밝히고 따스한 온기를 줍니다

양보는 세상이 돌아가는 톱니바퀴 같은 것입니다
마음이 아름다운 사람에게는 아름다운 것만 보이고
마음이 삐뚤어진 사람에게는 모든 세상사가
삐뚤어지게 보이는 법입니다

우리는 악취를 풍기며 사는 삶보다는
삶의 향기를 풍기며 살아가기를
서로가 부단히 노력해야겠습니다.

못 잊을 당신

빛고운 미소를 머금고 다가서는
당신의 애틋한 마음결이 비쳐나
목멘 속울음을 삼킵니다

손 닿을 듯 가깝게 느껴지지만
세월의 뒤안길로 멀어져 간
뒷모습에 가슴이 아립니다

햇살에 아스라이 펼쳐져
바람처럼 스쳐 가는
지나간 날 아름다운 기억들이
눈물에 아롱집니다

당신이 머물다 가신 자리에는
삶의 숨결과 그 삶들의 따스한 온기가
아직도 조용히 맴돌고 있습니다

고결하신 당신의 정겨웠던 모습은
세월의 파도에 씻겨나겠지요

당신과 함께했던 날들이
모래알처럼 잘게 부서져
가슴에 그리움의
모래성을 쌓고 있습니다.

제목 : 못 잊을 당신
시낭송 : 박영애
스마트폰으로 QR 코드를 스캔하면
시낭송을 감상할 수 있습니다.

꽃비로 내리는 그리움

그 사람 냉정히 떠났어도
추억은 가슴에 고스란히 남아
꽃비로 내리는 그리움 때문에
눈물이 나요

지나간 추억을 간직한 채로
어느 산기슭에 홀로 핀
이름 모를 야생화같이
향기로 부르고 있어요

가슴이 쉼 없이 부르는 이름이여
햇살과 바람이 메아리를 싣고서
어디론가 사라져요

세월의 장난이라면 세월을 달래서라도
우리의 운명이라면 운명을 바꿔서라도
또다시 만날 수 있기를
만날 수 있기를

보고 싶은 사람아
꽃비로 내리는 그리움 때문에
눈물이 나요.

당신께 전하고픈 말

나 몰래 내 맘을
훔쳐 가 버린 사람이 있습니다
당신이 있어 늘 행복했습니다

때론 당신을 향한
사랑에 눈멀고 귀먹어
당신의 작은 행동
하나하나에 보잘것없는
오기를 부리곤 합니다

작아지는 내 마음
나도 몰라 왜 이럴까
나 자신에게 되물으며
가슴 아리는 고뇌에
많이 아파했더랍니다

내 옆에 머무는
당신의 소중함을
느끼지 못함이 안타까웠습니다

하지만
내 마음 매우 아프게 한
당신을 향한 모든 것들이
사랑이라는 것을 깨달았습니다

지난 후
당신께 꼭 전하고 픈 말
사랑합니다.

제목 : 당신께 전하고픈 말
시낭송 : 이봉우
스마트폰으로 QR 코드를 스캔하면
시낭송을 감상할 수 있습니다.

가슴에 파도치는 그 이름

허전한 가슴에
파도같이 밀려왔다
파도처럼 밀려가는
그 이름

그리움 그렁그렁
파도칠 때마다
가슴이 부르는
그 이름

외로운 가슴이 쉼 없이
부르고 부르는
그 이름

어제의 파도처럼
오늘의 파도도
그리움 실어
끝없이 부르는
그 이름.

그 누군가를 그리워한다는 것은

삶의 여백에 채울 수 없어
눈물로 그 누군가를
그려 넣는 것도
행복입니다

너나없이 우리 서로서로가
그리움의 대상입니다

삶의 강에 물안개처럼
사붓사붓 피어나는
그리움은 풀잎에 맺힌
새벽이슬 같습니다

누군가를 그 누군가를 위해
가슴 한편을 비워 둔다는 것은
변하지 않는 사랑입니다

목숨을 다하는 날까지
그리워할 누군가가 있다는 것은
삶의 향기입니다

그 누군가를 그리워한다는 것은
이미 가슴이 누군가와
함께하는 것입니다.

물음표 느낌표

그대를 처음 본 순간부터
가슴에 물음표가 무리 지어
날아들었습니다

그대를 사랑하면 할수록
물결파처럼 퍼져가던
물음표는 자맥질 치며
굴절과 반사를 되풀이하더니
느낌표로 변해갑니다

날이 더해갈수록
가슴은 물음표를 밀어내고
느낌표로 메워집니다

오랜 가슴앓이를 한 후에야
물음표를 뒤집으면
느낌표가 된다는 사실을
비로소 깨달았습니다

그대를 향한 물음표가
느낌표로 바뀌어 갈수록
가슴은 핑크빛을 띱니다

그대로 말미암아 생겨난
의문부호와 감탄부호는
그대를 연모(戀慕)하는
한결같은 마음입니다.

갈무리

맺지 못할 인연이라면
이룰 수 없는
한갓진 꿈이라면
차라리
가슴에 담아두고
그리워하리.

사랑하면 할수록
아파하면 할수록
되려
상처만 덧나기에
이제는
놓아 드리리.

한때는
가슴을 흔들며 피는
꽃이었기에
그 향기만은
고이고이
간직하리.

사랑 공생

당신은 내게 공기 같은 사람입니다
평상시에는 있는 듯 없는 듯하지만
당신 없이는 살아갈 자신이 없습니다

내 삶의 반은 당신으로 가득 찼습니다
물고기가 물을 떠나 살 수 없듯이
당신이 없는 내 생(生)의 바다는
사막과도 같습니다

사랑을 서로의 가슴에 담아두고
인생살이가 고단할 때
오아시스 사랑으로 호흡합니다

내 삶에서 당신은
행복을 저축하고 찾는
은행과 같습니다

우리 사랑의 보물창고
열쇠 비밀번호는
바로 당신입니다.

바람은 불어야 한다

예나 지금이나 바람은 불었다
바람이 불어야 가냘픈 숨결의
생명에도 생기가 돈다

바람이 불어야 삶의 꽃이 핀다
산다는 것은 흔들리는 것이다
흔들리지 않는 삶이
무슨 의미가 있으랴

너나없이 흔들리고 흔들려야 한다
흔들려야 흔들어야 삶을 이어간다

흔들리며 흔들려서 흘러가는 세상
흔들어야 흔들려야 돌아가는 세상

삶은 바람처럼 생성되고
바람같이 소멸해간다
살아서 숨을 쉬는 자여!
바람이 불거든 흔들려라.

그리움을 피우며 살아간다

햇빛 따라 달빛 따라 걷는
인생길에 땀방울처럼
추억이 송골송골 맺혀난다

삶의 지우개로 지워내 밝힌
하루의 도화지 위에
또다시 찍히는 발자국은
그리움으로 영글어간다

추억은 그리움으로 숙성되어
달기도 하고 쓰기도 하다

사람이 머물다 떠난 자리는
세월의 눈물에 씻기어
또 다른 그리움이 채워진다

저마다 닮은 듯 다른 인생사
개개인의 마음자리에 피는
그리움의 향기와
빛깔의 농도는 제각기 다르다

사노라면 누구나 하나쯤의
그리움을 피우며 살아간다.

가슴에서 피는 봄

실낱같이 가녀린 볕뉘가
잿빛 가슴에 스며들어
봄을 지펴놓는다

기다림이 너무나 길어져서
갈래갈래 갈라진 가슴에
햇살이 한 땀 한 땀씩
봄을 수(繡) 놓는다

가슴에 봄이 오니
향긋한 꽃이 핀다
파릇한 싹이 튼다

꽃 물결 초록 물결이
잘랑잘랑 파문(波紋)을 그려
가슴에 봄을 물들이고
퍼져 나간다.

세월은 흐른다

세월은
한숨 쉴 틈도 없이
한 치의 오차도 없이
흐른다

세상일일랑 아랑곳없이
세월은 흐른다

봄 여름 가을 겨울
삶의 흔적마저도 지워가며
흐른다

천년만년 살고 지고
철옹성을 쌓은
한낱 부질없는 꿈도
세월은 정화하며
흐른다

세월은 인정사정을 두지 않고
오로지 정도로만
흐른다.

두물머리에서

두물머리가 내려다보이는
창 넓은 카페에서
그대를 생각합니다

지난날 둘이서 거닐었던
다정스러운 모습은
물길 따라 흐르고
물안개처럼 피어나는
사랑 이야기는
은빛 햇살로 반짝입니다

우리들의 흘러간 아련한 시절은
어느 연인의 모습에서
다시금 그려집니다

그대여!
아직도 그날들이
가슴에 여전히 흐르고 있거든
두 마음이 하나 되어 흐르는
두물머리로 오세요.

가곡: 주응규 詩, 이종록 曲

하얀 그리움

보고 싶고 그리워하는 마음
그대는 짐작하실까

가슴에 그대를 담아보면
순 돋아나 잎새 푸르다가
단풍 들어 눈물져요.

보고 싶고 그리워하는 마음
그대는 가늠하실까

가슴 빈 여백을 메워가는
그리운 사연들 낱낱이
하얀 눈송이로 내려요.

겨울 그리움

꽃피고 잎 무성할 때는 몰랐습니다
그대가 시나브로 쏟아 내리는
사랑을 담아내지 못했습니다

그대가 떠나버린 후에야
헐벗어 시린 가슴이 때늦게
그대를 그리워합니다

생각날수록 생각할수록 그리운 그대
그대 향한 그리움이 소리 없이
하얗게 쌓여만 갑니다

꽃 지고 잎 져 앙상한 외로움에
저미는 가슴이
그대를 부르고 있습니다.

제4부 텃밭에 詩를 짓다

오색찬란한 시어들이 알알이 차서

시구(詩句)의 잎줄기가

무성해지기를 바라는

농부는 삽으로 흙을 고르고 있다.

텃밭에 詩를 짓다

가슴 언저리에 자리한 텃밭을
쟁기로 갈아엎었다

봄 물길을 내어 소담히 묵혀 온
행복한 이야기와 슬픈 눈물의
이야기까지도 파종한다

어느 시어(詩語)는 움터
열매를 맺을 것이고
어느 시어(詩語)는 메말라
자연 고사할 것이다

자식을 기르듯 정성을 다하여
햇볕을 들이고 바람을 들이고
비를 불러들인다

오색찬란한 시어들이 알알이 차서
시구(詩句)의 잎줄기가
무성해지기를 바라는
농부는 삽으로 흙을 고르고 있다.

시(詩)

삶의 강(江)에 노니는
시어(詩語)를 낚아 올려
하얀 여백에
가지런히 늘어놓으리.

아궁이 장작불은 활활 타올라
빈 가마솥은 안달 나도록
끓어 넘쳐나 들썩이는데
진즉에 잡아넣어야 할
시어는 입질만 하네.

낚싯대를 길게 드리워
낚은 시어(詩語)를
조릿조릿 다려서
소담스레 차려놓은 시(詩)는
가객(歌客)의
입맛을 돋우려나.

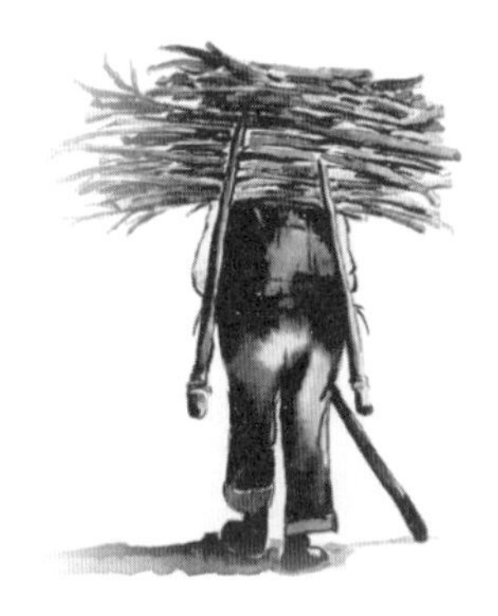

인생 열차

누구라도 스쳐 지나면 돌아올 수 없는
인생길을 기다려주는 이 없어도
인생 열차는 너를 태우고
나를 태우고 달리고 있구나

하루하루의 레일을 지나
세월 속으로 속으로 정처 없이
여행을 떠나는 인생아

비 내리고 눈 내리고 바람 불어
고단도 하리오 만은
쉼 없이 쉼 없이 달리고만 있구나

그 누구도 알 수 없는 종착역을 향해
너를 태우고 나를 태우고
오늘도 달려가는 인생 열차.

삶의 바다 항해(航海)

우리네 삶은 너나없이
세상의 넓고 푸른 바다 위에서
항해(航海) 중이다

출렁출렁 넘실대는 삶일지라도
풍파가 몰아치는 인생일지라도
어기여차 험한 파고를 헤치며
용기를 잃지 말고
삶의 노를 힘차게 저어라

꿈을 찾아 항해를 떠나는
희망의 배에 몸을 싣나니
해야 해야 떠올라라
달아 달아 비추어라
별아 별아 길잡이 되라

저 멀리 수평선에서 가물가물
손짓 춤추며 부르는
성공의 섬에 닿을 때까지
어기영차 노를 저어라
고난 뒤에 인생의 행복이 온다.

추억 관람

꽃피어나던 아리따운 시절
가마득한 날에 촬영해둔
추억의 빛바래진 흑백 필름을
조각조각 편집하여
햇발 줄기에 장막을 쳐
한 편의 영화를 상영한다

극본, 연출, 주연, 주응규의
감동의 파노라마가 펼쳐진다

아쉬움과 그리움을 불러와
눈물 쏟아붓고
행복했던 순간을 끄집어내
활짝 웃음꽃 피운다

아!
그 누구도 감히 흉내 못 낼
걸작의 명화로세.

그리운 고향(故鄕)

눈을 감으면 선 듯 다가서는
고향산천이 나를 부른다
논두렁 밭두렁에 땀방울 흘리시던
아버지 어머니의 모습이
흑백 그림자에 담겨오는
그 모습 아파라 그 시절 그리워라

뻐꾸기 슬피 우는 언덕
찔레꽃 떨기에 피어나는
정겨운 그 얼굴들 보고파라

외양간을 뛰쳐나간 송아지를 찾아
허공에 울어 외는 어미 소같이
내 마음 불러 머물게 하는 곳

어머니 품같이 포근한 고향
아버지 등같이 따스한 고향
꿈길에도 달려가는 내 고향.

인생살이

궂은날 갠 날 없이
하루하루의 날품삯을
한 땀 한 땀씩 수놓아
모란꽃을 피우려는
삶의 가쁜 숨결

해를 비틀어 짜서
방울땀 꿰어 입고
달을 비틀어 짜서
꽃 이슬 걸러 먹는
인생 유전

밤하늘의 별같이
어둠이 깊어질수록
더욱이 빛을 사르는
생명의 불꽃

햇빛을 품으려
달빛을 담으려
세상의 칼바람 위에서
작두춤 추듯
억척을 떠는 삶.

주) 모란꽃은 부귀영화를 상징한다.

노을 진 사랑

어느새 그대에게로 향하는
노을 진 사랑

마음결에 발그스름히 피어나는
장밋빛 물든 사랑을
그대여 포옹하시라

오늘 하루를 불살라
꽃 노을 띄우는 사랑을
그대여 받으시라

그대 내딛는 걸음걸음에
꽃 주단을 깔아놓나니
그대여 내 사랑에
가뿐 가뿐히 드시라.

겨울 산책

머리맡의 얼어버린 자리끼같이
천지간이 정적에 잠겼다가
쩡쩡 갈라지는 겨울 속을 걷는다

뭇발길에 비켜선 먼 산자락
절벽에 뿌리내린 노송은
잔솔가지에 백화(白花)를
난만히 피운 채
의연한 기백이 푸르르다

고드름같이 하얗게 날이 선
창백한 햇살을 흠빨며
근근이 목숨 줄을 부지하는
무수한 생명이 실살스레
봄을 피우기에 분주하다

자연의 맥박이 쉼 없이 고동쳐
분홍 꿈을 시나브로 투영하는
삶은 한겨울 날의 산책 같다.

주) 실살스럽다: (형용사)겉으로 드러나거나 객쩍은 것이 없고 내용이 충실하다.

그냥 너 좋다

오로지

너

너라서

좋다

바로

너

너이기에

좋다

그냥

너

좋다.

돌부리

길을 걷다
돌부리에 걸려 넘어졌다고
화내거나 원망하지 마라.

너도 누구에게는
돌부리 같은
존재가 아니더냐?

자귀나무꽃

산자락 야트막한 언덕 길섶에
초록이 피어나는
자귀나무 아가씨 연정(戀情)이
실밥같이 속속들이 풀려나
고혹의 향기를 부챗살처럼 뻗치시네

임은 어디쯤 오시려나
설렘에 부풀어 오른 가슴은
하늘 저편에 사리 살짝 날아올라
가마득히 맴돌다 내려앉은
자귀나무 아가씨 두 볼우물에
연분홍 수줍음을 담으시네

햇빛을 지르밟고 오실까
달빛을 지르밟고 오실까

여름날이 바싹바싹 타들어 가는
산자락 야트막한 언덕 길섶에
자귀나무 아가씨가 임을 기다리시네.

주) 초록이(순우리말) 전적으로. 추호의 의심도 없이.

가로등

날이면 날마다 수고하시는
당신을 위해
사랑 빛을 밝힙니다

고단한 하룻길에 비틀거리실 당신
어깨를 부축해드리려
두 눈 초롱이 밝히고 서서
밤이면 밤마다
당신을 마중합니다

어둠이 깊을수록
온몸을 살라
당신이 오시는 길
밝혀놓습니다

무거워진 어둠을 짊어지고
어느 모퉁이 길 돌아오실
당신을 위해.

자작나무

임 향해 자작자작 타오른 가슴이
묵화(墨?)로 담백하게 피는 날
빛 고운 사연은 실로 눈물겨워라

달빛 속으로 냉기가 스밀수록
고상하고 단아한 맵시 드러내는
순백의 용모 고와라

겹겹이 두른 얇은 사(紗) 자락
한 겹 한 겹 벗기는 날
새하얀 속살이 황홀토록 눈부셔라

햇살에 가리가리 도드라지는
흠모의 빛을 고이 추려 빚어
하늘이 말끔히 씻기는 날
화촉(樺燭)을 밝히리라.

도의(道義)

햇빛 달빛이 굴절되어
착시로 보이는 세상

여보시게 여보게 나
사람을 업신여기지들 마세
남의 것을 넘보지들 마세
함부로 입방아 찧지들 마세
잘난 체 꼴값 떨지들 마세

보시게 이보시게
그러지들 마세나
너나없이
삶이 고단하다네.

삶의 방식

새벽 물안개가
투명한 수채화를 그려내듯이
조용한 변화 속에서
나날이 새롭게 적응해가는
삶은 경이롭습니다

날이 새고 난 후에야
비로소 잠들고
밤이 깊어진 후에야
비로소 잠 깨는
엇갈린 질긴 생명력은
신비롭습니다

대자연의 섭리에 순응하며
끊임없는 들숨 날숨에
애증(愛憎)이 교차하는
삶은 미로(迷路)입니다

오랜 시련을 겪고 피고
오랜 기다림 끝에 지는
오묘한 삶의 방식은
참으로 다채롭습니다.

제목 : 삶의 방식
시낭송 : 박태임
스마트폰으로 QR 코드를 스캔하면
시낭송을 감상할 수 있습니다.

여름날을 달구는 엄마 생각

논두렁 밭두렁에 뿌려두신 땀방울이
도랑물로 넘쳐나
멱을 감다시피 한 여름날
대청마루에 팔베개하고 누우면
삼베적삼에 흥건히 배인
울 엄마 곰살궂은 땀 내음이
가슴을 저미도록 풍겨오는
한갓진 나절

햇볕에 가무잡잡하게 그을려 해쓱한
먼빛 그림자를 앞세우고
사랫길 너머 끓어 오르는 햇발 속을
꼬부장히 굽은 허리로
삶의 버거운 짐을 이고 지고
뿌연 흙먼지 바람 날리시며
한여름 가파른 등성이를
넘어오실 것 같은 울 엄마

여름날을 쉽게 달구는

매미의 자지러지는 울음소리 따라

땀과 눈물에 얼룩진

울 엄마 삶의 가쁜 숨결이 목메 와

고샅길 야트막한 울타리

사립짝을 활짝 밀어젖혀

가슴으로 울 엄마 고이 드리옵고

흘리는 때 늦은 눈물은

한여름날 한바탕 쏟아지는 소낙비 같으리.

주)
멱감다: 냇물이나 강물 등에 들어가 몸을 씻거나 놀다.
곰살궂다: 성질이 싹싹하여 정겹고 다정스럽다.
한갓지다: 한가하고 조용하다.
사랫길: 논밭 사이로 난 길.
고샅길: 시골 마을의 좁은 골목길.
사립짝: 나뭇가지를 엮어서 만든 문짝.

당신이 선물 받은 오늘

지구상 존재하는 수많은 생명체에게는
오늘이라는 공평한 선물을 줍니다

당신에게 온전히 주어진 오늘 하루는
세상 그 무엇과도 바꿀 수 없는
가장 값진 선물입니다

고귀한 선물을 어떻게 활용할지는
당신의 선택에 달려있습니다
오늘 하루의 이정표는
당신이 만들어 가는 것입니다

좋은 사람과 아름다운 만남을 가질 수 있고
한동안 소식이 뜸한 고마운 사람에게
감사의 안부를 전할 수 있는 오늘입니다

가슴이 미어지도록 아픈 기억이 있는
사람에게는 먼저 손을 내밀어
화해를 청할 수 있는 오늘입니다

당신에게 배달된 소중한 오늘 하루
상대의 마음을 다치게 하는 일 없이
서로를 배려하고 용서하며
아량을 베풀어 후회를 남기지 않는
당신의 오늘이기를 희망합니다.

진리(眞理)를 논하다

세상일이란 순리에 따라
진리(眞理)는 반드시
제자리를 찾는다

어둠이 깊다는 것은
새벽이 오고 있다는
증거요

추위가 깊다는 것 또한
봄이 오고 있다는
근거다

어둠을 가르며 새벽이 오듯이
절망 속에서도
희망의 새날은 밝는다

한파의 격랑을 헤치며
고난 속에서도
기어이 봄날은 온다

삶을 긍정(肯定)하라
진리(眞理)는
애써 증명하려 들지 않아도
봄눈 녹듯 드러난다.

두메산골 호롱불 노부부

산 너머로 해가 뉘엿뉘엿 기울면
어느 노부부가 사는
하늘과 맞닿은 두메산골 외딴집 굴뚝에
연기가 모락모락 피어납니다

세월도 비켜 간, 두멧골 외딴집
부뚜막 가마솥 뚜껑 밑으로
밥물이 분주히 넘쳐흐르고
아궁이 속 뚝배기에는
된장찌개가 보글보글 끓고 있습니다

산 넘고 물 건너 오일장 날에 사 와
처마 밑에 고이 걸어두었던
자반고등어 한 손도
숯불에 노릇노릇이 구워져
노부부의 저녁 밥상이
소담스레 차려집니다

꼬부장히 굽은 허리가 곱꺾이도록
날카롭게 토해내는 노파의 건기침 소리는
밤공기를 가르며 달빛을 할퀴고
낡은 라디오가 숨 멎을 듯이 전하는
세상 소식은 호롱불에
까물까물 타들어 갑니다

고단한 하루는 어둠 속으로 스며들고
구들방 아랫목에 단잠 든 촌로는
외양간, 늙은 암소를 앞세워
봄갈이 꿈을 꾸고 있습니다.

주) 곱꺾이다: (동사) 관절이 꼬부렸다 폈다 해지다. '곱꺾다'의 피동사.

내 오랜 친구야

산모퉁이 돌아 산등성이를 넘어
뻐꾹새 울음소리 따라
찔레꽃잎이 날리던 길 위를
다정히 어깨동무하고 마냥 걸었던
친구야 내 오랜 친구야

그리워 그리워서 너를 부르면
아득한 메아리로 답하는
너의 목소리는 내 마음에 내려앉아
친구야 너는 꽃으로 피어난단다

논두렁길 밭두렁 길 풀숲을 지나
초록이 바람과 노닐고
뭉실뭉실 꽃구름 피는 강가에
팔베개하고 누워 흰 구름에 꿈을 싣던
친구야 내 오랜 친구야

외로워 외로워서 너를 부르면
어느새 내 마음의 창가에
아침햇살처럼 싱그럽게 피어나는
친구야 너는 내 삶의 여백이란다.

친구야 내 오랜 친구야
너는 내 마음에
봄 여름 가을 겨울 없이 피는
꽃이란다.

가곡: 주응규 詩, 이종록 曲

긍정의 삶

살아간다는 것은
삶 안에 추억을
채워가는 것이리

세월은 덧없이 흐르고
인생은 늙나니
세월을 탓하리
인생을 탓하리

우리 더불어 사는 세상
서로를 사랑하면
삶은 아름다운
꽃길인 것을

꽃길을 걷다
우리네 인생이 진대도
향기는 남으리.

삶의 색깔

인생은 빨강 노랑 파랑
신호가 순차적으로 바뀌는
갈림길 건널목을
건너고 있다

인생의 순환 궤도에는
삼색 신호등이
번갈아든다

애환이 서린 삶의 색깔은
파랑 노랑 빨강
삼원색이다.

돈키호테

여보시게 더 나은 미래를 꿈꿔라
고통을 받는다고 절망하는 것은 비겁한 짓이다
고통이여 절망이여 비켜나라
우리의 돈키호테 나섰다

이상과 현실이 톱니바퀴처럼
서로 맞물며 돌아가는 세상
눈에 보이는 게 전부가 아니다

여보시게 고정관념을 버려라
때로는 이룩할 수 없는 꿈을 꾸고
이루어질 수 없는 사랑도 하고
감히 잡을 수 없는 저 하늘의 별도 따라
견딜 수 없는 삶의 고통도 참으며
더 나은 세상을 향해 꿈을 펼쳐라

한 줄기 빛이 깊은 어둠을 가르듯
시련 속에서 희망의 새싹이 돋는다
어둠이여 시련이여 비켜나라
우리의 돈키호테 나섰다

돈키호테 나아 가는 길에 불가능은 없다
우리의 친구 돈키호테
우리의 우상 돈키호테
우리의 돈키호테.

주) 스페인 소설가 '미겔 데 세르반테스'의 소설 '돈키호테'에 나오는 어록 인용.

곰배령

곰이 배를 하늘 향해 누워 단꿈 꾸는
천혜의 자연을 곱다시 간직해온 터
곰배령을 찾았어라

햇살이 나뭇잎 사이로 꽃불처럼 쏟아지는 숲길
해 묵혀온 번민을 시리도록 청량한
계곡물이 씻어가는구나

한 걸음 한 걸음 시름을 토하여 다다른
고갯마루 넓디넓은 초원에는
형형색색의 자태를 뽐내는
야생화가 배시시 얼굴 내밀어
저마다의 시선을 한껏 호리는
일대 장관에 감탄 연발이로세

긴긴날 세찬 골바람 맞으며
한 많은 세월을 겪어온
주름 깊은 노목(老木)이
창연(敞然)히 반겨 맞는
고즈넉한 품이 아늑하여라

발길 닿는 곳곳마다 꽃들의 향연에 어우러져
다가오는 정(情) 다가서는 정(情)
나눌수록 향기로운 말
볼수록 아름다워지는 얼굴
생각할수록 향기 나는 추억을
소중히 담아준 곰배령이여!

주) 곰배령: 천상의 화원이라 불리는 강원도 인제에 있는 산.

꺼질 줄 모르는 그리움

그리움 한 자락 두르고
꽃바람 불어와
설핏 가슴 스치네

아직도 채 꺼지지 않은
그리움의 잔불이 살아나
가슴을 사르네

야속한 그 시절은 어느덧
어둑어둑 저물어 갔건만

가마득히 멀어진 시간 속
눈물에 잠긴 얼굴이
달빛에 투영되어
뜻 모를 미소 짓네.

흰 눈 바램

괜스레 울적한 마음이
회색빛을 띠는 날

오래전에 떠나버린
그리운 사람이
눈송이같이 하늘하늘
올 것만 같아 설렌다

연기처럼 사라져간
아득한 날의
그 사람 그리워
하늘에 안부를 띄우는
오늘 같은 날

그리운 사람아
보고픈 사람아
흰 눈같이 왔으면 좋겠다.

제목 : 흰 눈 바램
시낭송 : 김지원
스마트폰으로 QR 코드를 스캔하면
시낭송을 감상할 수 있습니다.

아! 가을 아프다

누구라도 톡, 건들기만 하면
눈물이 터질 거 같다

햇살의 한갓진 어울림에도
바람의 살가운 속삭임에도
가슴이 아르르 저려 온다

오래전에 눈에 담았던
그 사람이 보고 싶다고
가슴이 보챈다

괜스레 뜻 모를 그리움이 불어와
가슴 서늘히 파고들더니
슬프도록 울고 있다

아! 가을 아프다.

산촌의 아침 풍경

밤하늘 어둠 속에 창백히 묻힌
무수한 전설이 별빛 이슬로
밭이랑 잎사귀를 타고 흐르면
희붐히 먼동이 틉니다

산등성이 휘감은 구름안개에
갓 난 신선한 바람이
들꽃에 스치는 옹알이가
산기슭 외딴집에 건들어지면
낭창한 하루가 걸립니다

먼 산자락 자락을 감아 돌아
물밀듯이 점령한 햇발은
고즈넉한 산촌을 차지하고는
늘어지게 드러눕습니다

늙은 촌부(村夫)의 눈 속에 들어온
산야(山野)는 짙푸른 물결로
분주히 풀빛 잉크를 풀며
하얀 하루의 원고지 빈칸을
채워갑니다.

제목 : 산촌의 아침 풍경
시낭송 : 최명자
스마트폰으로 QR 코드를 스캔하면
시낭송을 감상할 수 있습니다.

나비의 꿈

어느 해 봄날에 처음 만나 사랑한 그대여
무심히 부는 바람 한 점에도
그대 생각으로 흔들렸습니다.

봄볕이 따사롭고 화창한 날에
그대의 향기가 묻어나면
긴 잠에서 깨어나
어둠의 껍데기를 벗겠습니다

그대가 산길에 들길에 뿌려놓은
향기를 따라 날아들겠습니다

그대 머무는 곳이
천길만길 낭떠러지일지라도
무지개다리를 놓겠습니다

그대와의 만남은 피할 수 없는
약속된 또 하나의 운명입니다

추위가 기승을 부릴수록
어둠의 고요가 깊을수록
그대와 해후할 봄날이
가까이 다가오고 있습니다

그대와 나의 가슴에 사랑 꽃피울
봄을 꿈꾸고 있습니다.

제목 : 나비의 꿈
시낭송 : 임숙희
스마트폰으로 QR 코드를 스캔하면
시낭송을 감상할 수 있습니다.

가곡: 주응규 詩, 이종록 曲

2021년 3월 2일 초판 1쇄
2021년 3월 5일 발행
지 은 이 : 주응규
펴 낸 이 : 김락호
디자인 편집 : 이은희
캘리그라피스트 : 김주현
시집 삽화 : 윤필 이종재
기 획 : 시사랑음악사랑
연 락 처 : 1899-1341
홈페이지 주소 : www.poemmusic.net
E-Mail : poemarts@hanmail.net
정가 : 11,000원
ISBN : 979-11-6284-269-0